Baby pink

ベビーピンク

阪本きりり川柳句集

sakamoto kiriri senryu collection

新葉館出版

内向きカーブでお母さんが待ってるの

目　次

ベビーピンク

コギトの問題は深く悲しく永続的だ。「コギト・エルグ・スム」すなわち「我思う故に我在り」と口走りしかも日本語であるという自己欺瞞。川柳の根源に眠るコギトに息を吹きかけ、ぎりぎりと迫りくる寿命に立ち向かうのだ。

コギト

浄らかな月の引力人は死ぬ

本日の赤を鳴らしめ未決囚
美しくののしりたまえニッポニアニッポン
一点は無数どれがお前の顔

劇場の一人称を排除せよ

曖昧に生まれクレパス持たされる

黒鍵へよろめく春の三拍子

暗幕の裂け目　神の目は見ない

子猫生誕　聖書ひらりと越えて行く

目より後ろに責任は持たぬ

百粒を実らせ百粒と没す

二拍目の五感　淋しき受動体

闇を乞うパンちぎっての呼吸なり

足踏みを鳴らせ退路閉じたまま
非ざるとつけて在らしむ言葉とは
安住せよ肉体　伽藍に生えた前歯

異教徒の黒にて黒へ潜り込む

暁や凝視を耐えぬものは無き

塩水をたらし日照りの午後三時

炎天に雲なし痴れて仰ぐべし

往復で笑え死ぬまで出席簿

楽隊の迫りて路地の昏い顔

風待ちの谷で増えてゆく処刑

仏師あやうく無へとのめり込む

割礼の朝につらなる万国旗

神と見ている屹立のスカイツリー
ガラスの迷宮一直線に己とは
饗宴は続く大泣きする裸体

狂気も正気もうなずく顔の平面
通過する喜劇一人はさらわれる
禁句増えやがて麦らが唄い出す

黒ずくめの月曜が立っている
言語痛ましく神と呟かせ
肉汁をこぼし聖画の赤絵の具

交渉はまとめ奇数はとがらせて
瞑目や人より人を引くばかり
孤すなわち一筆書きの産んだ夢

五体投地倒れた方に赤じゅうたん
乞われれば祈祷そして神は死ぬ
辞書を繰る樹海激しく燃えさかる

思想うるさし怠惰な口でガムを噛む
しゃべらねばならぬ真空地帯
重心は正しく道化の持つ振り子

囚人《めしうど》は肉に泣きつき肉を死ぬ
自由と記し農奴が暮らす後頭部
終末論をかすめる雑記帳の開け閉め

象徴の夜泣き人がしゃべってる
肉体に不純ありゃ月の満ち欠け
深呼吸のちの胞子は黒いのだ

人心は混ぜてあおぐべし　祭典

既に日付はくり返し偶像が歩く

正確な日時にハンマーをふりおろす

世紀末ダンテが指した門へ群れ
ドアの内外　盲目の胸叩きあう
戦争反対の淫らな腰を見る

体毛を増やし人語で呻いてる
デジタルの生あくび色即ち不在
耐えられぬものがめざして零という

地球儀がいくつもこの世の話する

タブーの小島に三食喰わせてやりましょう

血の薄い拳でさがす戦争

忠実なデジタル時は在るがごとく
鎮魂をゆるせば魚影はるか西
費やすは時と信じてロウソクよ

継ぎ足した語尾モザイクの完成度
太陽の悪心並んで手にいれるもの
デフォルメのゆううつ　線は影を呼ぶ

点と線　文字は己を嗤いたい
背の傷を負けと認めるべからず
失くしたものの持つ絶対値

なめまわす記号の骨も肉もなく
言語する前のスパーク自律せよ
焦点がずれる暗喩の水溜まり

二足歩行のさだめ神はまっすぐと立つ

咆哮は還らず闇へ溶けてゆく

人間の図鑑だ飯を所望だ

願かけの消失点にある聖書
破壊しつくして神よ雪ですか
発すれば鈍す白紙の夜が倒れ

発生に刷りこんで死の赤ら顔

反逆の教えを乞うて気密服

週の真ん中どちらの闇も畏まり

秒針に音あり裁く側の論理

カチカチと改札通している齢

文学の系譜で墓を新調す

墓地までの距離を自由な生涯

メタファー危うく網からはずした手

裸婦あまた肉欲の死の白布なり

ろれつまわらぬ神と予言を待っている

惑星は眠らず唾液ばかり増え

出身は赤色平和がつまらない

朝晩の掟歯ブラシは右で持て

0℃の常識椀の形にあがく水

主語を削って清潔な多面体

信仰の厚み　重ねた人の数
公転に連なり無音の韻を踏む
起立せよ文字凹凸の無い眼から

逆転のモチーフ右手掴まれる

終章をうろつく蠅の目を見たか

延焼の手つかず口はとがらせて

追いつめる約束絵文字分解せり

風吹かず壷中の月をゆらしてる

黄金虫お前死んだら何と呼ぶ

この世での祈り生者は声嗄らし
左手の神へかたむく平常心
マニ車くるくるふいに楽土かな

泥になる今宵コギトも寄りつかず

万華鏡が嫌いだ。手の中に入るこの女児用の小さな遊具は中を覗く者の目をくるりくるりと奪い取る。万華鏡の所有者は刹那の連続の前に所有という意味を手離す。欲しくて欲しくてしょうがなかった万華鏡。私は万華鏡に所有されることになった。

万華鏡

あわれだと思うなら君殺したまえ

万華鏡に帰っていくのだろう雪

一音を何度も無垢なオルゴール

午睡から戻りコピー機止まらない

身体の一歩遅れて哭くのか
いろはがるたぶちまけうかつな独り言
黒鍵をたどり予感が降りてくる

秋を裂くふざけたように別れです
あっけらかんの一つに飼いネコの未来
桜前線明るきものが追いつめる

半分は死に明け渡し赤き性

半泣きのピカソの壁にもたれてる

既視感の続きが熟れる熱帯樹

残響に悔いなし冷えた鉄を抱く
丑三つの願いを人は呪いと言うか
手を離すシーソー勝ったは君だ

金魚鉢持たされ言えないことがある

昼の奥さらに奥へとひかりごけ

ここからは一人で秋のホイッスル

ぶらんこは軋み永久凍土に着地

ひたむきに水は器を信じない

目も耳もめまいの中の万華鏡

浅瀬からすぐに這い出す善の群れ

たやすきは忘却人よののしれ

あめふりくまさん大人になって帰る森

万華鏡ひらいたように絶望す
ヴァイオリンソナタ消息の無い弦が鳴る
いよいよの境地にすがる愛惜よ

うつぶせの背に写経の筆荒らし

奪い合う距離　対象は愛を負う

炎天の仁王影はやるまいぞ

さいわいの桜サ行のさびしさよ
カタカナで笑うルージュが折れたこと
悲しみが逃げるこちらを向きながら

かまきりの凝視秋から冬へ月

大人にも黄昏泣きのあることよ

髪おろし妻百人を敵にする

カルピスがどろり夕立待ちきれず

筆洗うひとときわの朱が散ってゆく

切っ先を握るあくまで自尊心

恐怖は心　心を握りつぶせ

きりきりと千切ってしまえ裾の糸

人も神も酔ってぽつんと桜

金太郎飴ぽきり私は笑わない

くるみ割り人形ふいに愛が敗けた

檄文うららか斬られた花の着地まで

恋人の森新しき松脂の香
ひび割れた鏡だました目の多さ
ザクロ食む負の結実がしたたりぬ

自愛の果てさらしたものをかき集め

詩集片手に秋を一枚ずつ破る

鏡面の波高く全裸のみこむ

白昼のまどろみ影よ影よと誘われて
失火めらめら風の助けはまだ要らぬ
残された桜が疼く尾てい骨

浄土曼荼羅跳ねては戻るマリ

鏡へだててあちらに群れる曼珠沙華

白椿　比丘尼は影を残さない

親切な腕を貸される死なせてよ

名を売れば人は指さすあごで差す

低空の睡魔突っ込む万華鏡

絶望に近く私を投げ捨てよ
そのものの温度で耐える冬コップ
大訃報おどけたような朝でした

立ち尽くす異人と並び冬の景

悪口雑言舌下にぬかる男たち

たわむれて美学　刃に映す顔

ダンサーを切り抜く月夜の愉しさ

地の塩を舐めて誰も恨むものか

白亜紀のかけら　こつりと鳴る内耳

沈黙に放つ水彩の獣

死んでゆくものに囲まれ生きている

敵になるほどの男を従える

手拍子の真ん中棒立ちのままで
五指を離して人は砂遊び
田園の秋はなだれるように暮れ

同情の君の背なにも死はあるぞ
飛び石の跳ねて明日は絶望す
曇天のぬくみくじけていたいのだ

なけなしの春を神さま　待っている

インクぽとり人が一人でまた生まれ

バイエルの絶句こんこんと指凍る

肉体につづいてうずくまる私
沈みゆく梵鐘湖底あとずさる
春が来る刑吏の歩みゆるやかに

反省は後悔に通ずするものか

色付きの影絵淋しき熱帯夜

ひぐらしの絶句裂くごと鳴き出だす

絵草子を膝で押さえている西日

びろうどの夜空はぬるし恋かと思う

ファスナー一気に羽化は血みどろに

袋ひろげて見る　暗黒の顔である
感傷を青に集めて空高し
ふりあげた鎌の行方よ三日月よ

耳鳴りに続きつぎつぎ魚生まれ

宝石箱落ちた静かな色たち

触れるものみな砂になる明けの月

めり込んだ拳　遠くでコンチェルト

夜光虫に応え素足の排卵日

夕凪ゆりかごあやしやすく男

雪地獄白を喰ろうて白にならず

浴槽に真昼の仮死が横たわる

成仏はせぬ骨黒く黒く磨く

季めぐりのいくつも並ぶ一番目
冷えきった鏡に裸体押し当てる
秋は斜めに百舌が切り裂く青い空

桜前線わたしはここで動かない

線路ぎわぐにゃりと夏が横たわる

冬の鉄握りずいぶん浅い傷

二十五時発賢治のマントひるがえる

悲しみの水を憶えている器

しぼり出す闇　絵筆は声をあげ

あじさい忌　水はやらない首ひとつ

女に堕せば形見の髪を増すばかり

ネコ耳の少女が廻す万華鏡

もうろうと日記を閉じる夏時間

半眼に夕陽燃えていく死んでいく

マスクせねば口閉じねば鐘が鳴る

わたくしの御堂を出入りする朝日

コスチューム・プレイ。もう開けるところが無いほどピアスの穴だらけになったら、今度は目鼻口それぞれの最も憎む形にデザインを行う。わたくしを囲む物の形から一切の理由を切り離す。「プレイ」は「祈り」とも言う。

コスプレ

リカちゃんの一生つるつるの手足

化野《あだしの》に母千人が放たれる
残雪の絵地図におとうとたちの家
血族はらせんの果てで待ち伏せる

地に満ちてソドムの子らと手をつなぐ
不義の子は沈め肥沃な湖沼地帯
まぼろしの双子の兄を産みましょう

飴を落とした　次は反戦歌だ
一音を伸ばし神さまここですよ
獄舎の番に家系図の網

母上の木曜さくら散る遊戯

蛇口押さえてちちははで終る家

レンズの森に正気の谺響いてる

喃語《なんご》あわめく赤ままの湿地帯
類焼にまぎれて子の名を呼ぶ
一対の闇が溶け合い夜になる

人前で子にハンカチをさし出され

舌先の仁丹　母がひとり死ぬ

灼夏悔いなし両手の水をたぎらせて

うなずきの目をごっそりと秘仏の扉

父様の庭より白い花盗む

バタ足の掟前方ただちに闇

万歳の弟が来る七ならべ

老人の海に割り箸が浮いている

悪書ばらして月光浴の愉しさや

アルバムはパラパラ漫画　だとしても
エッグスタンド母と二人の朝の贄《にえ》
仮名文字がしなを作りて参上す

カフェは満席放した鳩がふりむく

立ったまま息止める　落城

姦通の母性の窓が結露する

クレヨンは凶暴窓を塗りつぶす

結界うすく下男に見せる足の裏

恋人は眠り月の落下を聞く

極悪の詩人ぐらつく首をいくつも
白雪姫の母をねぎらう年となり
こわいこわいと海風が消す子の言葉

さも母をぶつように筋弛緩剤

兄はいらぬ犬の尾ばかり集めてる

三点倒立はしゃぎすぎては転ぶ冬

従えて倒す四つん這いの器

舌で丸めた真珠　みんなは仲が良い

物忌みの午後へ体臭漏れつづけ

父の日がくるりくるりとデパ地下へ

写楽ふりむき描かぬことの指南

樹下のまじない女つぎつぎ孕む月

純潔を通す未完のあばら家で

城門のこちらで春を手離さぬ

天地裂きダンテの下僕《しもべ》にくる夜明け

白い布かけて荒野を終わらせる

死んだふりしながら猫と遊ぶ部屋

すき間埋めねば家族の花畑

きっと眼は開いたままだろグッドバイ

聖母子の軌道へ出したままの船

絶望の穴から見つめてるタンゴ

前後たしかめ布教にさらす家族欄

存分にゆるし母の舟沈め

胎内の鈴が無風に鳴り狂う

脱脂綿ほおばる　私はよい子です

眼前の暦を父母に歩かせる

だまし絵の表裏ではさむ共犯者

団欒の父に兄にトーテムポール

遮断機が急かす全面降伏へ

謝肉祭ざくろのような赤子買う

沈澱のぬくみ午後からピアノ止む
椿ゆすって狂女うごかぬ目を持って
すべすべの偶像だれもが慣れる道

東京タワーが動く国防軍より先に
俯瞰図のそここにある呼吸音
ドバイから届くチチキトクハハキトク

泣きじゃくるピカソ館は夜も閉じる
肉体を積み上げていくバナナパフェ
のっぺらの墓が家の前に立つ

歯型が乾く　半島が見えてくる

人買いの出そうな宵に子を離す

罰するように死を磨く　琥珀

パノラマ島の姉妹が夢を割りに来る

母埋める里に母つれて迷う

闇は兄弟かえるところを知っている

筆致なまめき文字にはできぬことばかり

ばさり髪猟奇手前の月を呼ぶ

独り言ほどくと一本の輪ゴム

日の丸を振ってマイムマイムが続く
秘仏潤んでいる膝かたく閉じている
平等の果ての裸を曝しあう

ファウストの悪魔よ来たれ吾を誘え

通り魔の顔でコピー機押している

フラスコは愉快に転げ殺意なり

ふるまいのゆえにコップは汚されて
宝石箱から取り出す雪の女王
墓石群すぎて無口な子になれり

母体継続　小部屋の外は事件です

魔女裁判生まれる前の猫が来る

三つ子でしたか不愉快な感受性

無罪　すべての指に塗る絵の具

棒のまわりを味わいつくす狂喜

物心つかぬ宇宙で泣く赤子

もよおした信仰だれが嗅ぎつけた
雪に似て雪を憎んで白うさぎ
夢喰いの証人右手くろぐろと

容赦ない笑顔でやってくる秘密
暴れる子抱いてカンナの群れに入る
予言者がくくくと笑う震度3

レトリックトリック　シラノのもげた鼻
もがく夜がいつもの朝へ轟沈す
顎はずす形で百合の最期

魔女狩りの業火をまとい立っている

耳の端は焦げて身内という失火

背景の闇に女も森もあり

老人が叫ぶ木馬は回りつづける
羊水をぬくめ双子の泥人形
避難通路に言葉さがしのペンがある

暴徒戯れるコンビニのおにぎり

遅れてきた車両に靴がそろえてある

メルヘンの剣でくりぬく子供部屋

両手ひろげてかくも見事な絶句

打ちすえて親も子も一本の線

各々のドアが開いて美術館

懇願へゆるい傾斜の白ペンキ

境界線上にいるものが好きだ。自らの重さで揺らいでしまう危うさに、それでも逆らおうとあがいてしまう無垢。少年も少女も一瞬の季節を一度だけ生きる。

少年図鑑・少女図鑑

水兵帽一直線に夏をよぶ

魚の棲家がある少年のズボン

少年のかけらプライド噛み砕く

樹液塗り合う浄らかな森林地帯

草いきれにまぎれ少年の痙攣

オルゴールの一片くわえて耐えよ君

清潔な陰影真っ白なシーツ

心的外傷　少女は撫ぜる絵日記を
月蝕に背き少女を満たす水
あやとりがからみ少女の長い密室

逢瀬の疼きつぼみを持ち歩く

少女弾力憎んでゆがむマリ

苦しさも超えよ吊り橋を蹴って

聖女のあごのまろさ　最後のとりで

一糸まとわぬ想い　少女に名をつける

制帽が落ちた校庭の遥かな響き

哀しみを抜くと少年透ける体

君は僕は君と墜ちて水鏡

知るほどに形　境界こすり合う

舌先で消す砂糖菓子のりんかく
ちゃいなまあぶる裏声で呼ぶ一軒家
目かくしのまま彼方をひきよせる

蒼きベーゼに泣くや蒼き炎柱《ほばしら》

少年をさらう聖堂突きぬける風

あわれこの子の永き未満を確かめる

衣服脱がさず少女には静かな罰
いましめをさずけて裸像の完成
うなずくだけでこぼす少女嘘吐き

美しくゆがむ少女の未成熟
水面より見つめる透けた情欲
おもちゃ箱にも死があり少女の予感

女の衣《きぬ》でゆわえる満月の磔刑

果実かりりと噛めば少女膝をつき

仮想の館で今宵のあるじ待つ

少女めまいは着地するのかしないのか

木の幹を抱きて少年絶命す

月下の睡蓮　少女密かに開く音

缶コーラ倒れぬぐっても甘い少年

生糸切れやすく少女哀しがる

凶暴な秒針少年は折れたまま

切れ切れの願い聞きたし懺悔聞かせたし
金糸ゆらめく少女の陽だまり
少女のいない絵本さらさらと文字崩れ

月光浴のしずく少女が立つ窓辺
スカートをかぶせ何をしてもよい掟
恍惚の深さへ朱花のひと刺し

口唇の導き　息を呑むレリーフ
少女図鑑ページ果てなくめくらるる
刻印をさずけよ君よ理性よ

衣ずれの嘆きをつらくひきのばし
弧を描くつま先　少女の中心点
懇願のかわゆさ熱の在処《ありか》は知っている

死ぬ死ねば死んじゃえ呪文の心地よさ
シャワールームに落ちた少女の手首
少女が噛めばくっきりと三日月

指くわえさせて禁ずる嗚咽
死の優越で少年縁どられ
精神の滑落より少女水平に

空コップ少女不安は落とすまで

少年乳色汚してなお白く

結わえた形にうなずいて　花

少年のまま殺めて舟は二人乗り

セロファンの小部屋で遊戯いたすなり

甘やかして溶かして私が作る少女

押されたまま崩れる　少女はゼリー

白百合に舌さしいれて薄明り

芯熱をふくむ少年のガラス棒

スカートの下ビー玉とりどり転がせり
地下道のパンくずすくすくすグレーテル
性の岸辺に少女すあしをひたす

少年をねじると影が折れた音
青磁雫れてうつつを繰りかえす
すすり泣く絹地へ月光すべり落ち

制服の処女《おとめ》となりて少年忌

少女培養　水草が生える音

ゼリー質の宵に足から溶けていく

ピアスの穴だらけ少女を癒す外科

閃光真下より　少女暗転

早熟な指で影絵のかなかなかな

魂の仮縫い　少女という姿
ためらいの深みで少女まちぶせる
届かぬ指で調律が続けられ

地下水脈をたどれば少女かすかに笑う

少年は宇宙を孕み点になる

父王はおらずエディプスの無精卵

乳房なき怯え　罪にはやさしい手
机ひやりと少女余熱を押しあてる
散らばった色紙ふいに少女の嵐

突き立てた三日月少年の背は硬し

つかんでは放す少女を乗せたブランコ

中心を覚える服従の日より

つたなさの煌めき　少年の季節
紅筆の静けさ　喘ぎをふちどる
少年妖しく聖書に残す指紋

凍結のバラ少女の落花音
知恵の実を少女ふたりがもてあそぶ
なされるままの唇に鍵くわえさせ

濡れたシャツで首を振る誘惑
ねじ伏せてこれがお前という地点
バラの枝にぎらせ誓いを許さず

歯を当てて少年の柔きを脅す

水音で隠す浴室の少女たち

無伴奏ソナタ少女だけの階段

膝より上はオブラートで少女

プライドをこじあけ樹液を塗りつける

美酒の源少年の歯きつく許さず

表面張力少女のままに力ぬき
ビー玉が丸いのでまた泣き出した
赤い実がつぶれ少女は帰れない

蔦のぼるままに少女の立像
ペプシくびれて少年はすすり泣き
冒険王錆びたナイフを舐めている

包帯の白少女をほどく静けさ

ポケットの小鳥硬くなるまで握る

前髪の翳りに青き獣性

手袋で触れる少女の禁猟区

水底のガラスお前が守る傷

胸板に口づけ風はここより出でる

紫幻想　少女スミレをすべて摘む
命ずるままに少女甘いちょうつがい
もつれ合う眠りと死への快楽よ

もてあます裸身無いものがほしい
雪原に降り立つ少女どこで泣くのか
指からの距離と少女の胸のリズム

少女のぬめりへ迷い蛾が止まる
指それぞれの音色を少女に塗りつける
欲情の訪れ　少年の軸は写実

両膝を離して告解つづけさせ
林檎二つに割って汝姦淫せよ
震える鍵で少女いよいよまさぐりぬ

野イチゴをくわえ落としてはならぬ遊び

自らの病みはとても愛おしい。撫ぜて舐めまわすほど病いを愛でている。肉体は正直で心は嘘吐きだ。この心を悲鳴あげるまで締め上げ奴隷のように従わせている。

病草子

こんなにも酷く折られている右手

けんけんぱしつつ手放す舌下錠

直立の歯ぎしり臓器提供うなずくか

しゃべりながら崩れていく顎

アスファルトにめり込む朝の偏頭痛

一色の黒を薄めて延命す

骨肉のひとつで足りる厚い皿

サーカスのうなじへ一直線に昏れる

人体の形あざむきやすく生涯

広辞苑ばらして秋へ眩暈する

自堕落にブルース手も足もはずれ

癒し合う傷の常温泥土舐め

髪洗う時の奈落の明るさよ

効率のはなし人は人骨は骨

コンビニに手負いの無垢が集いくる

快楽三昧　器を知らぬ水清し

草が哭くゴッホの耳を押さえ込む

魚体あざむき人らしくあれ正座

切りそろえたガーゼに沿って暗い影

人の匂いがよみがえる炊飯器
生きているではないか朝の磔刑
カタルシス聖者の暗き眼をつぶす

育ち続けて明日は我が墓の記念日

トンネルを出るのが怖い病気です

ふわふわと歩け裸眼の良きぬるさ

デカダンの闇に囚わる西日部屋

安全カミソリ無邪気な線が増えていく

痛いこともうなくなった干しバナナ

異端どよめき血の半分を濁す

雨後の発汗　草むらに待つ頓死

エプロンの裏は出血キティちゃん

円の中央押し続けてる不眠

おぎゃあおぎゃあと詰め合わせてる不幸

湖面凍結ちぎれた耳と往く

重い首あげて午後からシクラメン狩り

指紋通りに剥がれて秋はしらじらと

終わらないベビーピンクの処刑台

風哭きを聞く有刺鉄線うずくまり

一拍で縛る千切れるどろりと脈

家族ありペルソナの夜の人払い

かぶされた暗示交互に足を出す
濁音があふれ最短距離の耳
皮剥いだあとです挨拶へつづけ

舌打ちがかすめ眠りが浅くなる

ギニョールの手放しくずれたままの笑顔

休日の悲劇　四角い針の穴

魚群横切りうつつの方へ折れた首

興奮剤のんで身体ひとりじめ

呼吸音途絶えテレビの金魚たち

偶数の反乱　折り目にある器官
口の端が切れて月光麗しく
暗闇の眩暈ああ立っていたのだ

くり返すノイズ言葉とも言う
毛穴から這い出す夜の祈願祭
血脈の濁りへボートつながれる

貫通の月下振り向く首もろとも

鉱脈を焼き尽くす五感のアリア

黒死病の街からチョーク転がりぬ

ゴム手袋　身内で占める体温
遠くから石投げる人あててごらん
サイレンは悲鳴に似せてつくられし

昨日の腐臭目張りする毛穴
生き返った朝へサイコロ持たされる
雑音をねじる金切り声をあげながら

屍がたまるとかえす砂時計

体臭を放ち増産せよ畳

時化止んでゆるゆるこぼすうがい薬

死屍累々の写真展から秋が割れ

泣き声は紙に書きとめ人体図

羊歯をかきわけ冷えた汗を導く

失速の羽毛つづかぬ立ちくらみ

折り重なるように帰路の影

深呼吸したまま逝った西瓜糖

錠剤の白を並べて喪にふける

鼻水をためて真顔のルサンチマン

鈴鳴らし合い生者のうちの秘め事

盛大に目玉を落とす拍手

ゼラチンの故意うなづいたまま窒息

蒼天に耐える人体模型の瞳

底無しの舞踊朝から鎮痛剤

才気はかりて両眼は閉じるためにあり

存続の余命　両手に石持って

失神の刹那あの世のかぐわしさ

自虐張り詰め朝の点呼はかかさない

代償は転がる　ゆで卵のめまい

たゆとうて今は安らぐ難破船

地下道でムンク美術展がはじまるよ

宙吊りの子宮　神話の壺を割る

蝶結びふんづけられたまま笑う

赤いリボン結んで処置室

鎮痛剤噛んでワタシハゲンキデス

突き進むネジこめかみで聞く高音

吊皮の両手はがれぬ金曜日

泥土から抜き取る無垢な体温計

鉄砲のかたち指切り怖がって

噛みつぶすバファリンぬるいままの鍋

疼痛を横切るシャンゼリゼのパレード

どこまでが骨で壺でからりと白

春病みの狂言ハンガーに吊るされる

閉じた天文　頭蓋にむけて放つ闇

泥人形のひとつは目をあけて泣く

定点観測　痛まぬ眼から懺悔録

何千の首より我がボディピアス

軟体動物落として壊れぬ音がした

眠りの中心に降ろす肉体

ビニールの馬が白い廊下を駆け抜ける

肌色の毛玉だれかが死ぬ話

症状に似た人格を持ち歩く

ハルシオン噛む噛み噛めば夜の虹

春の鉱脈　発汗ただならぬ
ワルプルギスが今宵も胸で開かれる
半身は異界の痛み横にいる

倒錯のくねくね真ん中よりは両端で

ビスケットはローマ字DEATHが食べかけ

病人が聞くつる草の這う音を

瓶詰地獄という美しい記憶
腐臭ふつふつ何より温い我が身体
不道徳に慣れて皿には甘い首

病草子のラストで待ち伏せる自愛

ロールシャッハ病いをたらす正常値

眠剤のよだれ縄跳び出てゆかぬ

サクロンの海へ沈めている風船

目鼻口描く　泣いてたのかもしれぬ

新しい傷がローマへと続く

好きなものから食べてわが骨の白さ

お母さんといくの壊れたケーブルカー

月女

奈良県川柳連盟理事長　杉森　節子

何年前のことだろう。初めて阪本きりりさんと出会ったのはたしか第一回鈴鹿市民川柳大会、私も彼女も選者として参加した時だった。おそらくもう十年以上昔のことである。少し言葉を交わしただけだったが、「きりり」と言う名前から来るイメージにぴったりの女性だった。物怖じしない姿勢の中に鋭さがあり、何より若かった。

それ以来何年か会うことはなかったが、何時だったかやまと番傘川柳社のお花見句会で出会うことになった。八分咲きの橘寺のさくらと真っ赤なコートの彼女の出席で一段と盛り上がったように思う。それ以来、やまと番傘川柳社とのつながりが出来たようだ。後で解ったことだが、阪本高士氏との結婚に至る過程でもあったように思う。そうして橿原の人となるのである。

こちらに来て早々、やまと番傘川柳社の会員になるよう少々強引に頼み込んだ。やまと番傘の六〇年大会の司会をお願いしたいという理由もあった。この人が司会をしたところを見たわけではなかったが、なぜかやれそうに思えこちらもやや強引に話を進めた。私の勘はあまり外れたことがない。結果、大会当日は三五〇名を前に堂々の名司会ぶりで見事であった。来賓ならびに出席者に強烈な印象を与えたのである。

きりりさんの魅力はこれだけではない。ある日、「詩のボクシングをやっています。一度見に来てください」と誘われた。わけもわからずに連れていかれ、自作の詩をステージで朗読すると言うイベントを見せられた。当日はあのくんじろうさんも参加をしていて、けったいなことをしてると呆れる間もなくその面白さに夢中で拍手をしたものだ。

そのボクシングのエキシビションマッチでのきりりさんのパフォーマンスに、新たな才能を見ることになった。ちなみに当日の優勝者はくんじろうさんだったのである。

私はこういう性格ですから上手を言ったり、好かれようとはしません。思ったことをそのまま言って嫌われても結構と思っているが、いつもきりりさんはちゃんとついてきて話に耳を傾けている。あまり自分からしゃべる人ではないのでつまらないのかと思えば、そうでもないらしい。もともとが無口でじっとしているのが好きなようだが、司会やボクシングとのギャップは大きい。

それから数年後、やまと番傘の中で勉強会をしてほしいという声があがり、十人ほどの人数できりりさんは「月女の会」をはじめることとなる。まず披講の大切さを指導し、声の出し方には時間をかけているようだ。そして川柳は抜ける句よりも、自分の句を大切にすることをモットーにしているようである。

一度見学に行ったことがあるが、皆が生き生きと頑張っている様子に、私ももう一度習いたいぐらい楽しそうだった。

さて阪本きりりの川柳。

鈍痛に寄り添うように蝉時雨

蝉しぐれの耳を二人で食べている

蝉しぐれ乱れ赤い帽子を投げる

戯れの背中の文字へ蝉時雨

蝉しぐれ一人足りない朝となる

やまと路の近詠である。

句は作るものではなく自分の感じたままを書く、その見本のような句と言える。解るとか解らないとか言うのは人それぞれ。新しい風がやまと番傘をより発展させると確信する。阪本きりりの存在は大きい。

阪本きりりというモノは

川柳・北田辺　くんじろう

はじめて「きりり」と言う名前を知ったのは、私が川柳を始めてまだ2~3年、川柳マガジンがまだオール川柳であった頃に遡る。

友人であった桂歌之助（故人）という落語家がオール川柳にエッセーを連載していると言うので無理矢理から年間購読を強いられた。何を隠そうこの出来事が私を川柳に巡り合わせ、またきりりさんと巡り合わせたのである。

きりりさんはその頃のオール川柳に8コマの漫画を連載されていた。名字は確か「松本」であった。一ファンとしてその漫画を読んでいたので、まさかこれほどのお付き合いになるとは思ってもいなかった。

私の記憶違いでなければ、親しくお話をさせて頂けるようになったのは、夫の阪本高士氏を通じてであった。

高士氏と知り合ったのは、私がまだ仕事が現役であったにも関わらず、月に十五〜六回も句会に参加していた頃である。何処の句会であったか定かではないが、「くんじろうさん、こんな所で本気で川柳作ったらあかんで」と声を掛けて頂いたのである。それからは何処の句会でも親しくして頂いて、いろいろ川柳に関してもご教授頂いた。そんな頃である。

「妻のきりりです」

「えっ？　またまたご冗談を」

「いやいや、ほんまやがな」

「はい、わたくしが阪本きりりです」

これは一体どういう事なんだ！　あのべっぴんの松本きりりさんが、何でまたこんな怪獣みたいな阪本高士氏と夫婦やなんて！　少なからず動揺した事を今でも鮮明に覚えている。

高士氏が病に打ち勝って川柳に戻って来られた時、私も訳あって丸坊主になっていた。

「くんじろうさん、ボクの頭もくんじろうさんと一緒やね」

と、笑いながら頭を撫でられていた傍らできりりさんの瞳が潤んでいた。

それからしばらく経ったある日の事、きりりさんから一通のお葉書が届いた。

「くんじろうさん、実はわたくし『詩のボクシング』という朗読の大会があってその三重大会のお世話をしています。ついてはくんじろうさんがそれに参加してくだされば、それこそええ賑やかしになるのではないかと」

多少のフィクションを交えているが概ねこのような内容であった。

一も二も無くすぐに
「参加させてください」

とご連絡を差し上げた。折り返し一本のビデオテープをお送り頂いた。それはＮＨＫ制作の「詩のボクシング」のドキュメント番組であった。選手として「詩のボクシング」に参加されていたきりりさんをテレビカメラが追いかけていて、地方大会を勝ち抜けて東京の全国大会までの一部始終が収められていた。

「エライもんに参加するなんて言うてしもたな〜、こりゃ参ったな〜」

後悔してもあとの祭りである。三重大会の当日、私の行き先を予感するような、ものすごい大雨で会場に着いたときには全身びしょ濡れであった。

あれよあれよと言う間に、私は予選大会に優勝してしまった。さあ、お祝いに一献ということで、鈴鹿駅前の居酒屋で祝勝会、ところがである。きりりさんは一滴も飲めないのである。ご自身作の句や、詩、小説、エッセイ、漫画を読んでいた私は、まさかこの作家が下戸だなんて信じられなかった。仕方なくというか喜んでというか、病み上がりの高士氏が私の酒のお相手をしてくださって。

その後、私は「詩のボクシング」全国大会でチャンピオンになってしまい、「くんちゃん、そこまでせえて言うてない」と罵られながらも、きりりさんをお誘いして北田辺で年に3回程度の朗読会を催している。

私は前言を撤回しなければならない。「べっぴんのきりりさん、怪獣の高士氏」とお呼びしたが、なんのなんの、実は私も高士氏も凡人であって、怪獣はむしろ「阪本きりり」であると。

大空の斬首ののちの静もりか
　没（お）ちし日輪が残すむらさき

童貞のするどき指に房もげば
　葡萄のみどりしたたるばかり

私の好きな歌人、春日井建の「未成年」からの二首である。

少年をねじると影が折れた音
歯を当てて少年の柔きを脅す

私の好きな柳人、阪本きりり（以後敬称略）の「少年図鑑・少女図鑑」からの二句である。

両者に共通するもの、それは研ぎ澄まされたエロチシズムであり、性の危うさであり、血の不条理であり痛みである。

惑星は眠らず唾液ばかり増え
万華鏡ひらいたように絶望す
まぼろしの双子の兄を産みましょう
謝肉祭ざくろのような赤子買う
椿ゆすって狂女うごかぬ目を持って
黒ずくめの月曜が立っている

きりりの句を全て取り上げて語るだけの気力は持ち合わせていないが、拾い読みしただけでその独自の重力場に晒され、その後読感は痛いほどである。その痛みはきりり本人も意識して作句している。

「あの激しい痛みは別の痛みに引き継がれて、私は感覚だけになっていた。目を開けたり閉じたりして、前にある物を見る。音は勝手に耳に入り、音として処理をされる。人の言葉も音に過ぎなかった」きりり著、小説「ベビーピンク」の一節である。

きりりの句に「意味」を求めてはならない。「答」を求めてはならない。それは「結果」であり、「結果」は読者にゆだねられている。きりりの句をどう感じるのか？　それは読者個々によって変化し、その「答」はことごとく姿を変える。それはまさしく万華鏡のごとく。

読者はその怠惰で淫靡な吐瀉物を、体中で受け止める覚悟がいる。その覚悟さえあれば「きりりの世界」に溺れることが出来るのだ。

マンドラゴラ畑でつかまえて

新葉館出版　松岡　恭子

昨年の初冬、取材で阪本夫妻と明日香村にいたときのこと。夫妻は植物を見ながら言葉を交わしていた。

「サトイモやね」

「サトイモだね」

　ワルプルギスが今宵も胸で開かれる

二人のほのぼのとした会話に耳を疑った。お二人ならそこは里芋ではなく「マンドラゴラ」でしょうと、心でつぶやいた。

何せ、屋敷には「ケルベロス」という名の愛犬がおり、ドアチャイムのことを「ソロモンの笛」と呼び、部屋の明かりは髑髏の燭台で「今日の句会では六六六句を葬ってやったわ」と血のようなワインを啜り、そして懇親会のことをワルプルギスと呼びながら、黒い魔女という名の珈琲の香りを楽しんでいる——と、このように勝手に妄想していたからだ。

きりりさんとの出会いは「川柳マガジン」の前身である「オール川柳」に遡る。その頃の私は外に出るよりは社内でガッツリのデスクワークを常とする部署にいて、まだ見ぬきりりさんとお電話や手紙などでコミュニケーションをとっていた。どこからが切っ掛けだったのか、おぼろげにしか思い出せないが、きりりさんとの会話や絵や文章などを通して、お互いの特殊な趣味趣向をいつの間にか話せるようになっていた。

腐臭ふつふつ何より温い我が身体

間もなくして私は人生の底のあたりを彷徨うことになったが、その頃も私の拙い言葉を親身になって聞いてくださった。思い返せばきりりさんにとって私は本当に面倒くさい相手だったのではないかと思うが、実体験に基づいた言葉で力づけてくださったり、どんな些細なことでも大きく喜べるように気持ちをプラスに持って行ってくださった。

十五年くらい前「詩のボクシング」（日本朗読ボクシング協会主催）の三重大会で、準優勝したきりりさんが全国大会にひっさげていったのが赤い襦袢と「病草子」という詩。確か、まだ素案状態のものをメールで読ませて頂いたとき、深夜、会社で一人泣いた記憶が忘れられない。

鎮痛剤噛んでワタシハゲンキデス

噛みつぶすバファリンぬるいままの鍋
ハルシオン噛む噛み噛めば夜の虹
腕がもげたら、その腕を持って前に進めばよい――きりりさんの言葉に力を頂いた。こういうこともあって、冒頭の勝手な想像が生まれた。一時期、私のきりりさんに対するイメージは「いつも血みどろ」だった。満身創痍で常に痛みを纏っていたきりりさんを、線の細さもありハラハラ見ていたが、向こうは向こうで私を見て同じことを思ってくださってたので、どうにも変な関係である。
いつの間にかそのお姿を見ても、傷も痛みも感じることが無くなり、善き哉と思っていたらいま開かれている勉強会が「月女の会」と。ああ、何て業の深い…。
お母さんといくの壊れたケーブルカー
――本当に壊れていたのは？
思い出はいつも、少し壊れている。そこに「哀」も「穢」も「愛」もある。だからこそ美しい。
正しく美しく壊れるために。きりりさん、「マンドラゴラキャッチャー」として崖の手前で待っていてください。少し時間はかかるかもしれませんが、ベビーピンクのマンドラゴラをぶら下げて、必ず参ります。

あとがき

また一つ親に見せられないものを作った。健康で健在な両親や兄弟たちにこの句集を手渡すことはない。阪本きりりに親も兄弟もないのである。彼らはこれを目にしないことを幸いと思い感謝してほしいくらいだ。

句集を出せば大なり小なり身近な者は傷つく。ただ一人阪本高士は私の横に在ってこの句集を読まねばならない。彼は私と一緒に私の人生に深く傷ついてくれるだろう。それが少し辛いと思っている。

長年にわたって私を育んでくれた四日市川柳会の皆さん、わがままを見守ってくれた三重県の皆さん、そしてあたたかく迎え入れてくれた奈良県のやまと番傘川柳社の皆さんに心より感謝をいたします。

阪本きりり

阪本きりり川柳句集
ベビーピンク

○

平成27年3月23日　初版発行

著　者

阪　本　きりり

発行人

松　岡　恭　子

発行所

新　葉　館　出　版

大阪市東成区玉津1丁目9-16-4F　〒537-0023
TEL06-4259-3777　FAX06-4259-3888
http://shinyokan.jp/

印刷所

第一印刷企画

○

定価はカバーに表示してあります。

ISBN978-4-86044-591-1